AF081306

Tres Amores

30 sonetos sobre el amor a Dios, a los demás y a uno mismo

Rhodesia

Ukiyoto Publishing

Todos los derechos de publicación son propiedad de

Ukiyoto Publishing

Publicado en 2024
Contenido Derechos de autor © Rhodesia

ISBN 9789360491345

*Reservados todos los derechos.
Queda prohibida la reproducción total o parcial de esta publicación, así como su transmisión o almacenamiento en un sistema de recuperación de datos, en cualquier forma y por cualquier medio, ya sea electrónico, mecánico, por fotocopia, grabación u otros métodos, sin la autorización previa del editor.*

Se han hecho valer los derechos morales de los autores.

Se trata de una obra de ficción. Los nombres, personajes, empresas, lugares, sucesos, locales e incidentes son producto de la imaginación del autor o se utilizan de forma ficticia. Cualquier parecido con personas reales, vivas o muertas, o con hechos reales es pura coincidencia.

Este libro se vende con la condición de que no sea prestado, revendido, alquilado o distribuido de cualquier otra forma, sin el consentimiento previo del editor, en cualquier forma de encuadernación o cubierta distinta de la que se publica.

www.ukiyoto.com

Dedicación

Esta antología está dedicada de todo corazón a todos los que creen en el poder y la gloria del amor, ejemplificados en el amor a Dios y por Dios, a los demás y a uno mismo.

Al Todopoderoso.

A mis seres queridos, mi difunto padre Rudy, mi madre Evelyn y mis hijos Liana y Rodemil.

A todos mis amigos, presentes y futuros, que son incontables como las estrellas.

A la Editorial Ukiyoto, mi más sincero agradecimiento por facilitar el camino para que este libro sea compartido con el mundo.

Contents

Introducción	1
Amor a Dios	3
Te quiero, Señor	4
Te busco	5
Confío en Él	6
Guía divina	7
Mi padre	8
Declararé	9
La maravilla de tu amor	10
¿Qué es la fe?	11
Pedir y recoger	12
Redención	13
Amor a los demás	14
Historia real	15
Mi único amor	16
Pruebas de fuego	17

Mirage	18
La chispa	19
Inicio	20
Milagros	21
Suficiente	22
Una familia feliz	23
Mejor amigo	24
Amor a uno mismo	25
Yo me libero	26
Con el debido respeto	27
Espejo	28
Fortalezca	29
Enfriar	30
Paz interior	31
Fuente de alegría	32
Estar bien	33
Soy perfectamente imperfecto	34
Júbilo	35
Sobre el Autor	36

Introducción

"La única magia que el hombre necesitará,
para conectar abismos es que el amor guíe."

  Este don llamado amor es una de las mayores bendiciones concedidas al hombre. Los que lo han experimentado en su apogeo pueden identificarse con la dicha y la euforia frente al dolor que hay que soportar para que el amor resista la prueba del tiempo. Esta experiencia agridulce recorre todo el espectro del amor, desde el amor de Dios al hombre que le desobedece, el amor de Cristo que fue herido, insultado y murió para expiar las transgresiones del hombre, el amor paciente y duradero de una madre a su hijo y el amor fiel de dos almas desgarradas por circunstancias desfavorables. El amor tiene muchas formas y estaciones, pero tiene que soportar muchas pruebas y tribulaciones para resurgir verdadero, no menos que el oro al ácido, o el diamante al calor y la presión.

  Este libro es una antología de sonetos shakesperianos, que son poemas rítmicos y rimados de catorce versos y diez sílabas por verso, con el esquema *ababcdcdefefgg*. Más que la forma, este libro es una celebración de las distintas facetas del amor, dividido en tres secciones: Amor a Dios, Amor a los demás y Amor a uno mismo. El Amor a los demás incluye sobre todo el amor romántico, el amor a los hijos, el amor a los amigos, el amor al prójimo y el amor a la humanidad. Una sección separada está dedicada al amor a uno mismo, que es muy crucial pero descuidado por muchos. Incluso las Escrituras nos enseñan a amar a los demás como a nosotros mismos, porque no podemos servir de una copa vacía. Si podemos enriquecer nuestros corazones y nuestras vidas, podremos compartir más con el mundo en términos de amor, valor y recursos; pero primero, debemos cuidar de nosotros mismos.

Al igual que las anteriores obras escritas de Rhodesia, entre las que se incluyen *"Palabras de sabiduría"*, *"Casas"* y *"Un nuevo comienzo"*, este libro pretende perpetuar el amor, la fe y la esperanza de la humanidad, y elevar la vibración predominante del colectivo hacia el amor genuino e infinito.

Amor a Dios

Te quiero, Señor

(El amor es humilde.)

Te amo Señor, aunque no soy más que una mota,
A flote en una extensión de multiverso
De estrellas, planetas, agujeros negros y motas ardientes,
Que ningún ser humano ha atravesado jamás.
Te amo Señor, aunque mi vida es fugaz,
Un segmento silencioso de la eternidad,
Un arco iris que se desvanece, un meteoro que pasa,
Un momento pasajero del infinito.
Te amo Señor, aunque sólo soy una pieza
Entre tu multitud de creaciones,
Una sola alma en una multitud de entidades,
Un hilo de vida en medio de millones.
A pesar de mi pequeñez, Te prometo amor,
Todo de mí y todo lo que pueda tener.

Te busco

(El amor busca y encuentra.)

Busco Tu marco, mi Señor, en todos los sentidos,

Tus ojos que miran desde las estrellas en la espesura de la noche,

Tu cálido abrazo que nos despierta cada día,

encarnado en el sol que sonríe tan brillante.

Tu aliento huelo en la brisa matutina de la montaña,

Los pájaros hacen eco de tu voz en el coro del amanecer,

Tus cejas encantadas en arco iris se congelan,

Tu tacto tan suave como los pétalos de la rosa.

Te oigo reír en la risita de un bebé,

Como si anunciaras esperanza y victoria,

Te veo estremecerte en la lucha diaria del hombre,

Tu semblanza más definida en el misterio.

En el asombro y la maravilla del universo,

Ay, veo el contorno de Tu rostro.

Confío en Él

(El amor confía.)

Pasé por callejones sombríos en un barrio bajo,
y subí una colina imponente completamente solo,
En medio de la turbulencia, estoy tranquilo,
Porque el Señor es mi fortaleza y mi hogar.
Los enemigos pueden tejer mil mentiras
Y colocar una trampa para humillar mi nombre,
Podrán organizar todo engatusamiento para seducirme,
Pero Dios me librará de todas sus culpas.
No tengo riquezas ni poder en este mundo,
Ni mansión, ni coche costoso, ni lujo,
Mi consuelo es la comunión con mi Señor,
Cuya gracia eterna me libera de preocupaciones.
Estoy tranquilo y contento, Planeo, sueño,
No tengo miedo porque confío en Él.

Guía divina

(Sigue el amor.)

En un mundo voraz de libertad,

Por una libertad de movimiento sin restricciones,

Cuestionando límites, empujando fronteras,

El Señor estableció salvaguardias y mandamientos.

No para restringir, ni encadenar, ni encarcelar,

Sino para asegurar que los seres humanos que Él cuida,

no se hagan añicos en un abandono imprudente,

en lugar de florecer y florecer aún más.

Los preceptos de Dios son alimento para el alma,

Sus enseñanzas son luz radiante para guiar nuestro camino,

Para establecer nuestras vidas a largo plazo,

Y salvarnos de la miseria de la ira.

Aún así, Él nos dio el poder de decidir,

Si permanecer o no en Su guía.

Mi padre

(Guías del amor.)

Tú eres mi Padre Dios que me cogió de la mano,
Cuando yo era un bebé lleno de risitas,
En tu firme guía, aprendí a pararme,
Me apoyaste en todas mis luchas.
Tú eres mi Padre Dios que me abrazó fuerte,
Cuando tenía miedo de caminar lejos de nuestro hogar,
Me ayudaste a aprender, me llevaste a la luz,
En conocimiento y experiencia me perfeccionaste.
Tú eres mi Padre Dios que guiaste mi camino,
Mientras buscaba una vocación,
A veces a través de una tormenta y sus consecuencias,
Me ayudaste a descubrir la misión de mi vida.
Tú eres mi Padre Dios, y estoy a salvo,
En ti confío mi vida, con fe sólida.

Declararé

(El amor declara.)

Declararé la maravilla de Tu amor,

Cómo has bendecido mi vida día a día,

Ni me extravié ni pasé hambre,

Me rescataste de los peligros en mi camino.

Transmitiré Tu gloria a mi clan,

Para que ellos también se deleiten en Tu maravilla,

Alabaremos Tu nombre, y acataremos Tu plan divino,

Para morar contigo en el cielo para siempre.

Proclamaré Tu tierna salvación

A extraños, camaradas y conocidos,

Todos necesitamos desesperadamente Tu compasión,

Por nuestras transgresiones, sé agraciado con el perdón.

Señor mío, cantaré y aclamaré Tu santo nombre,

Para compartir la luz de Tu llama eterna.

La maravilla de tu amor

(El amor adora.)

El universo se suspende en Tu gran fuerza,

Cada objeto en la coordenada correcta,

Para que los planetas giren en el curso apropiado,

Llevando la vida que Tú hiciste para perpetuar.

La célula que Tú formaste en el mejor diseño,

Como un minúsculo país propio,

Con fronteras, conjunto de leyes, y tropas asignadas,

Y las potencias más inteligentes jamás conocidas.

Esta Tierra que diste para ser el acogedor hogar del hombre,

Todavía rebosa belleza en su estado innato,

Donde han crecido las plantas que Tú pusiste para sustentar la vida,

Tu amor impregna cada aliento que tomamos.

Señor mío, la maravilla de tu amor es grande,

En Ti, descansamos plenamente nuestra fe firme.

¿Qué es la fe?

(El amor cree.)

La tierra alberga una plétora de vida,

Las nutrias construyen casas y los elefantes lloran,

Todos los seres vivos se reproducen y se adoptan a la lucha,

Tienen facultades especiales desde que nacen.

Lo que hace de la humanidad el ser más especial,

Único y prevaleciente sobre el mundo,

No es ni siquiera el lenguaje, el ingenio o el sentimiento,

Sino el derecho a la comunión con el Señor.

Sea cual sea la cultura, la religión o el clan,

Es como si la fe en los genes estuviera programada,

Innata es nuestra esperanza de un plan superior,

La necesidad de adorar está profundamente arraigada.

¿Qué es entonces la fe, sino naturaleza y esencia?

Un apéndice mayor, un sentido superior.

Pedir y recoger

(El amor conecta.)

Antes de levantarnos de la cama cada nuevo día,

Hagamos una pausa, y establezcamos intenciones a cumplir,

Luego al Señor Todopoderoso pidamos y oremos,

Él escucha y bendice las metas que nos proponemos.

A lo largo del camino, podemos encontrar bloqueos,

A veces demasiado grandes para nosotros, pensamos que es el fin,

Pero la ayuda llega a quien con seguridad pide

El Señor que conoce el camino que hay que tomar.

Nuestras fuerzas pueden fallar antes de terminar la tarea,

No importa cuánto nos esforcemos, nuestra fuerza es nula,

Hay una Fuente que puede devolvernos nuevos,

Cuando tenemos éxito, Él también se alegra.

Como humanos tenemos nuestras limitaciones,

Aptos para pedir y cosechar la conexión Divina.

Redención

(El amor perdona.)

Dios nuestro, Tú tienes las mejores aspiraciones,
Para el hombre que más aprecias y atesoras,
Tu hijo más querido, Tu creación más preciada,
Eligió no prestar atención a Tu guía y se perdió.
Hasta hoy, seguimos siendo esclavos del pecado,
Aunque Tú has puesto Tu consejo para instruirnos,
Dejamos que la debilidad de nuestra naturaleza gane,
En Tu desesperación, quisimos autodestruirnos.
En verdad, Tú puedes permitir que seamos condenados,
Sin embargo, Tu amor es más amplio que el universo,
Para rescatarnos del pecado, enviaste a Tu hijo,
Quien sufrió para que nuestra suerte fuera revertida.
Nuestras vidas son brillantes y esperanzadoras cuando Tú bendices
Nuestra redención, misericordia y perdón.

Amor a los demás

Historia real

(Puentes del amor.)

Érase una vez, en un viejo reino,

vivía un apuesto y exitoso príncipe,

Conocido por su ilimitada riqueza y sabiduría,

Que nadie había experimentado desde entonces.

Lejos del castillo vivía una sencilla doncella,

Contenta con lo poco que tenía,

A pesar de todas las pruebas que había pasado

Una muchacha vibrante e inmune a la tristeza.

En una juguetona jugada del destino estas dos almas se encontraron,

La chica sencilla llenó el vacío de su alteza,

En pureza e inocencia ella puso

Su corazón en la felicidad verdadera y duradera.

La única magia que el hombre necesitará,

Para conectar abismos es que el amor guíe.

Mi único amor

(El amor es fiel.)

Han pasado eones desde la última vez que vi tu cara,
pero tu imagen sigue grabada en mi corazón,
No importa lo lejos que hayamos recorrido nuestros caminos,
El amor que compartimos nunca jamás se separará.
No importa en qué lugar de la tierra estés,
Dentro de mi mente es donde siempre vivirás,
Nuestra historia ha sido escrita en las estrellas,
Y se hará realidad mientras creamos.
En nuestro viaje lejos el uno del otro,
Alguien más puede querer remendar nuestro anhelo,
Tal vez más encantador, maduro, o más amable,
Pero no la mitad perdida que nuestra alma anhela.
Cualquier complicación que podamos tener,
Tú serás para siempre mi único amor.

Pruebas de fuego

(El amor perdura.)

En las circunstancias más terribles nació un amor,

Con él, un grano de fe y un atisbo de esperanza,

Que trajo a borbotones de alegría en cada mañana,

Y la paz perfecta, para todas las contenciones hacer frente.

A pesar de la vasta distancia y los duros obstáculos,

Estos dos corazones latieron el uno por el otro,

Cuando incluso sólo para cumplir con los milagros reclamados,

Seguían siendo el refugio y el hogar del otro.

A veces, sus posturas corrían el riesgo de separar

Lo que ni el tiempo ni la distancia podían separar,

Pero no demasiado; no había espacio para el odio,

Donde los corazones están llenos de amor desbordante.

Todas las pruebas de fuego son capaces de resistir,

Porque cada día, se enfrentaron a la vida mano a mano.

Mirage

(Esperanzas de amor.)

Sueño un futuro con la persona que amo,

Juntos en un lugar tan dulce y tranquilo,

A través de altibajos, mitades inseparables,

En verano o en tormenta, caminando de la mano.

Le veo secar las lágrimas de mis ojos,

Le oigo reír que llena mi corazón de canciones,

Siento el calor de su tierno abrazo,

Sólo con él, mi corazón y mi alma pertenece.

Tendremos un hogar lleno de amor y alegría,

Un lugar acogedor donde nuestros pequeños vagan libres,

Y la vida no necesita ser apresurada, sino simplemente disfrutada,

Haciendo y dejando recuerdos felices.

Mi amor y yo compartiremos el descanso eterno

Y nunca nos separaremos en nuestro nido celestial.

La chispa

(El amor inspira.)

Tú eres la chispa que enciende mis elevados pensamientos,

La corriente que electriza mi pluma,

Eres el arquetipo que siempre he buscado,

Para ser mi vencedor contra todos los villanos.

Eres el sol que me despierta por la mañana,

Un día que me quita el aliento,

Eres todos mis deseos, mi esperanza renacida,

El mundo es un lugar deslumbrante gracias a ti.

En cada tifón, eres mi arco iris,

Las nubes más oscuras forradas por tu sonrisa de plata,

Espero con ansias cada mañana,

Tu mano en la mía, caminaremos mil millas.

Eres mi único pretendiente, mi inspiración,

Mi fuerza y vigor, mi única devoción.

Inicio

(El amor asegura.)

A veces un lugar, a menudo una persona,

Un espacio sagrado secreto, un santuario,

donde no sólo nacen los hijos, sino también los sueños,

Un refugio de paz y seguridad duraderas.

Ante la tristeza y la desolación,

O amenazado por una tormenta devastadora,

En momentos de incertidumbre y confusión,

Nos retiramos a la comodidad de nuestro hogar.

Dentro de su cálido abrazo nos resguardamos del frío,

En sus brazos estables estamos seguros y alimentados,

Sus manos son firmes con el voto de tener y sostener,

El corazón que siente y satisface nuestras necesidades.

Un hogar es donde nos sentimos más seguros,

Porque se derrama amor genuino sin límites.

Milagros

(El amor cuida.)

Cada segundo somos testigos de milagros
que se desarrollan ante nuestros ojos,
Si nos fijamos en el espectáculo
De traer a la tierra otra vida.
Qué gran honor ser un instrumento
En encender almas tan únicas y especiales,
Participar en su desarrollo,
En verlos emerger de pequeños a plenos.
Junto con ellos, el cielo nos regala amor,
El torrente de emociones trae cuidado,
Para nutrir y moldear, para prestar atención y tener,
Para que no importen los sacrificios escatimados.
He aquí la alegría de renunciar a los nuestros,
Sólo para asegurar que prosperarán quienes hemos sembrado.

Suficiente

(El amor comparte.)

La brisa de la isla casi hace volar su lámpara,

su única luz cada noche en su pequeño hogar,

Ocho bocas para cenar y compartir la escasa comida,

mientras rezaban por estar a salvo de la tormenta.

No de lejos una mansión en una colina,

Brillando como el cielo inundado de estrellas,

Con sólo cuatro que alimentar, sus gracias se derraman,

A sirvientes y animales queridos.

Tal vez no haya insuficiencia de alimentos,

Para la creciente población humana,

Si tan sólo pudiéramos ver dónde nuestra abundancia,

Puede rescatar la indigencia de otro.

No hay carencia si tan sólo podemos cuidar,

De compartir nuestros excesos con los necesitados.

Una familia feliz

(El amor une.)

Podemos ser multitud en diversas tierras,

Con diferentes lenguas, rasgos y cultura,

Pero en el fondo de nuestros corazones nos entendemos,

En la diversidad, forjamos nuestro futuro.

Compartimos una tierra y un universo comunes,

Esa mancha en el espacio que llamamos cariñosamente nuestro hogar,

El aire común que respiramos sólo circula,

Un sol, una luna, Aguas enlazadas y una cúpula.

Los pensamientos y emociones de cada uno de nosotros

Son olas en el mar de la humanidad,

Amor, alegría, fe, o esperanza, desesperación o traspaso,

Mueven a la humanidad en sincronía compartida.

Somos, después de todo, una gran familia,

Que cada uno habite en paz y felicidad.

Mejor amigo

(El amor dura.)

Cuando éramos jóvenes, nos cogíamos de la mano,
y escuchábamos las historias del otro,
'Twas nice to have someone who understands,
Y se preocupa por nuestros ensueños privados.
Cuando el mundo parecía darme la espalda,
Te quedaste, y nunca me dejaste solo,
Cuando estabas enfermo, yo era tu familia,
Tu infalible y constante compañera.
Cuando te casaste, fui dama de honor,
Y tú, el pariente más cercano de mis hijos,
Nuestras vidas habían florecido de la sencillez al esplendor,
De suaves a arrugadas, De adolescentes a doradas.
Tanto tiempo erosiona, Aún así nos mantuvimos en contacto,
Eres mi mejor amiga, Te quiero mucho.

Amor a uno mismo

Yo me libero

(El amor libera.)

Me amo lo suficiente como para liberarme
De cualquier atadura en la que me haya enredado,
Ningún otro héroe vendrá a rescatarme
Mientras la esclavitud ate mi mente.
No soy siervo de las circunstancias,
Si alguna vez puedo ser privado o afligido,
Convertiré la desgracia en una oportunidad
Para lograr lo que puede parecer imposible.
No estoy atado al lugar, ni siquiera al tiempo,
Viajaré como un turista al que se le debe un capricho,
Me doy el derecho de desear lo sublime,
Y realizar el impulso de mi espíritu.
Reclamo, poseo y controlo mi poder,
A ningún opresor me rendiré jamás.

Con el debido respeto

(El amor respeta.)

¿Cómo sería un mundo en el que todos respetaran los derechos y puntos de vista de los demás y los propios?

En todas las cosas puede haber varias facetas,

La totalidad de la verdad no puede conocerse.

Todos podemos expresar nuestra mente y opinión,

mientras escuchamos los puntos de vista de los demás,

Por lo que sabemos, puede haber una unión,

Un gran nosotros, un mejor yo y tú.

Pero primero aprendemos a amarnos y valorarnos,

A escuchar los impulsos de nuestro corazón y nuestra alma,

Nuestras emociones no necesitan ser puestas en un estante,

Sino celebrarlas como un regalo para todos.

Cuando cada uno de nosotros sea valorado y estimado,

La riqueza de la diversidad florecerá.

Espejo

(El amor acepta.)

Cuando te miras al espejo, ¿qué ves?

¿Una piel demasiado pálida o demasiado oscura, un pelo demasiado rizado?

¿O puedes contemplar tu belleza única,

que sólo tú y nadie más puede compartir?

Cuando te miras, ¿cómo te sientes?

¿Odias o aborreces tu forma?

¿O puedes aceptar todo lo tuyo que es real,

¿Y regalarte el amor que bien mereces?

Cada vez que veas tu propio reflejo

Levanta la barbilla, sonríe y abre el pecho,

Mímate con tu propia adoración,

Eres hermosa, y vale la pena que vivas lo mejor que puedas.

Nadie más recorre la vida contigo, sino tú,

Bien podrías creer en ti mismo también.

Fortalezca

(El amor mejora.)

Cómo amarse a uno mismo sino educándose,

Cada día, equipar la mente con nuevos conocimientos,

No dejes que la capacidad se estanque,

Perfeccionar las propias habilidades es reconocer.

Leer, observar, aprender, practicar y experimentar,

El mundo ofrece infinitas estratagemas,

Para agudizar y ampliar la inteligencia,

De la que surgen nuestros productos y creaciones.

El crecimiento de la información es tan rápido,

También lo es el progreso de la tecnología,

Necesitamos equiparnos para permanecer y derivar,

Con la alfabetización actualizada de la nueva era.

Para adoptar constantemente, Nuestro grito de guerra,

Con conocimientos, habilidades y sabiduría fortificar.

Enfriar

(El amor calma.)

Refréscate, siéntate, relájate y aprende a relajarte,

Cuando el trabajo está terminado, o el día hecho,

A veces, somos más productivos cuando estamos quietos,

Y las tareas se hacen más fácilmente mientras nos divertimos.

Incluso el cerebro, para funcionar al máximo,

Para limpiar sus telarañas, dar sentido a los acontecimientos del día,

necesita bajar el ritmo y dormir bien por la noche,

mientras guarda en la memoria los momentos vividos.

Por un momento, libérate de la presión,

Siente los latidos de tu corazón y escucha tu respiración,

Mira al cielo, experimenta el placer,

De estar simplemente vivo, bendecido con buena salud.

Cierra los ojos, entra en tu interior y celébralo,

El tiempo es tuyo para descansar y recrearte.

Paz interior

(El amor alivia.)

Dormir como un bebé toda la noche,

Sin susurros de la conciencia,

El cuerpo está cansado, pero el corazón es ligero,

Recordando la dulce experiencia del día.

Despertar completamente descansado y recargado,

Mientras el sol sonriente da la bienvenida a la mañana,

Nuevas oportunidades aguardan en un mundo tan grande,

Hay esperanza y fe en un amor renacido.

Las ofensas menores no merecen el tiempo

O la energía mejor dirigida

A cumplir los deseos sublimes del corazón,

Que a mezquinas rencillas infantiles dispersas.

Centrarse en lo bueno, y los desaires desestimar,

Otorgará a cada día una paz interior que no tiene precio.

Fuente de alegría

(El amor disfruta.)

¿Necesitamos una razón para sentirnos satisfechos?

¿Necesitamos que nuestro corazón se llene de cosas con objetos del exterior, para alegrarnos?

¿O todos los sentimientos son sólo imaginaciones?

Algunas personas exploran el mundo en busca de felicidad,

En la emoción y el placer, la riqueza y la aventura,

Unos pocos aceptan claramente que están realmente bendecidos,

Disfrutando cada día, los simples tesoros de la vida.

Esa alegría y dicha esquiva para muchos,

Se encuentra todavía dentro de nuestros corazones si tan sólo prestamos atención,

Para sonreír, para reír, para ser puramente feliz,

Siéntelo, y estaremos radiantes de verdad.

La alegría nos abrirá los ojos,

La fuente de la alegría está en nuestro interior.

Estar bien

(Me encantan los pampers.)

El agua es tan refrescante que se puede cronometrar,

Sumérgete y relájate tranquilamente en la bañera,

Sonríe, tu vida saldrá como la diseñaste,

Sé tú mismo y vive la vida que amas.

En acontecimientos especiales, sé el primero en saludar

A ti mismo en un día festivo,

Sé tú quien se haga el mejor regalo,

Mereces que te sirvan de la mejor manera.

Elige con gusto la ropa que te pones,

Vístete como quieres sentirte por dentro,

Y no como los demás quieren que lo hagas,

Porque no eres su muñeca para encajar.

Siéntete bien, y sé tu persona que mima,

Que estés bien, pronto fluirá más del universo.

Soy perfectamente imperfecto

(El amor se une.)

Puede que no tenga el físico de las portadas,

o la piel tan suave y húmeda como un cristal,

En mi vida, he tenido errores épicos,

Para algunos, he sido repetidamente acosado.

Sí, puede que no sea un paquete perfecto,

Y todo lo que ves es mi yo genuino,

No necesito una máscara elegante, o un equipaje lleno,

Soy suficiente para servir a la sociedad.

Mis grietas y defectos encajan con las fortalezas de los demás,

La debilidad de cada uno nos une más,

Por lo tanto, yo también tengo mis propios talentos únicos,

Para contribuir y llenar lo que otros perdieron.

Soy perfectamente imperfecto y pertenezco

A la Tierra, nuestro hogar perfectamente imperfecto.

Júbilo

(El amor se celebra.)

Siempre hay un motivo para celebrar,

Cada vez que el corazón late y la mente piensa con claridad,

A veces necesitamos felicitarnos,

Como en situaciones calamitosas, por lo bien que nos conducimos.

Por cada obstáculo superado, o enfermedad curada,

Por el amor reunido y el recién nacido,

Por las preguntas respondidas, los misterios revelados,

Por el dolor soportado, hasta que se gana.

El éxito no debe ser definido por otros,

Cuando cada persona tiene su propia meta,

Con un plan, un camino y un diseño individuales,

Inigualable como las huellas dactilares en cada alma.

Alégrate y aprecia las realizaciones,

Todos merecemos alegría y júbilo.

Sobre el Autor

Rhodesia

Rhodesia es médico, poeta, pintora, escritora y madre devota de dos hijos brillantes.

Entre sus obras publicadas se encuentran "Words of Wisdom", "Houses" y "A New Beginning", que son prosa y poesía inspiradoras destinadas a elevar la vibración de la humanidad a la del amor, la paz y la alegría sublimes.

www.ingramcontent.com/pod-product-compliance
Lightning Source LLC
LaVergne TN
LVHW041640070526
838199LV00052B/3477